AF359543

ACADÉMIE FRANÇAISE.

DISCOURS

PRONONCÉS DANS LA SÉANCE PUBLIQUE

TENUE

PAR L'ACADÉMIE FRANÇAISE

POUR LA RÉCEPTION

DE M. ROUSSE

Le 7 avril 1881.

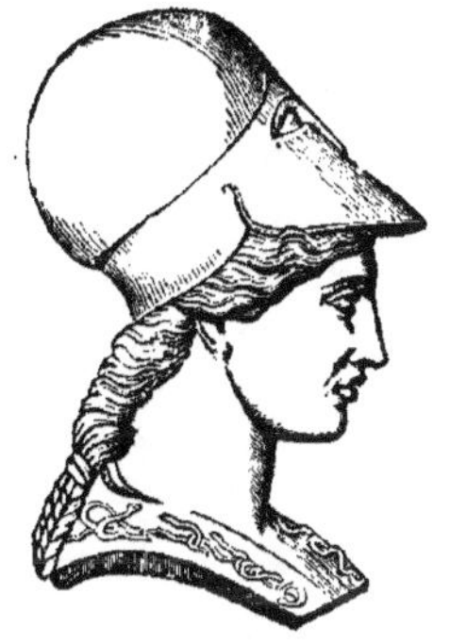

PARIS

TYPOGRAPHIE DE FIRMIN-DIDOT ET Cⁱᵉ

IMPRIMEURS DE L'INSTITUT DE FRANCE, RUE JACOB, 56

M DCCC LXXXI

ACADÉMIE FRANÇAISE.

M. Rousse, ayant été élu par l'Académie française à la place vacante par la mort de M. Jules Favre, est venu prendre séance le jeudi 7 avril 1881, et a prononcé le discours qui suit :

Messieurs,

Depuis cinquante ans, le nom de Jules Favre a tant occupé la renommée; il a été mêlé à de tels évènements; la vie de ce grand orateur est si vaste et si tourmentée, que, pour réduire un pareil sujet à la mesure et aux convenances de ce discours, je n'ai pas à perdre un instant.

L'honneur que vous m'avez fait, la reconnaissance que je vous dois, le peu que je suis pour rendre un hommage public à cette illustre mémoire, je n'oublie rien et je voudrais tout vous dire. Mais vos regards, comme les miens, cherchent mon devancier à cette place qui reste vide après lui; vous avez hâte de le voir revivre ici pour quelques moments, et c'est à lui que ma pensée, comme la vôtre, appartient aujourd'hui sans partage.

Sa vie, c'est la vie de ce pays lui-même, depuis un demi-siècle tout entier. C'est l'histoire de notre politique hasardeuse, des partis qui nous divisent, des passions qui nous agitent, de nos vertus, de nos fautes et de nos malheurs.

C'est l'histoire de la liberté parmi nous, de ses luttes généreuses, des violences qui l'ont asservie, des excès qui l'ont perdue; de ses courtes victoires et de ses éternelles défaites.

Dans les grands évènements dont nous avons été les témoins, partout Jules Favre a laissé sa trace. Avocat ardent d'une cause longtemps douteuse; lutteur infatigable d'un parti; ministre de la République au lendemain de deux révolutions; ambassadeur de nos défaites aux jours les plus sombres de la guerre, il a connu toutes les extrémités de la fortune. Il a connu, jeune encore, l'enivrement d'une longue popularité; l'orgueil du pouvoir conquis et défendu par l'éloquence; l'admiration de ses rivaux, qui oubliaient de le combattre pour l'écouter; enfin tout ce qui, dans la renommée, approche le plus de la gloire; — puis, au déclin de l'âge, la haine satisfaite de ses ennemis; les injustices de la douleur publique qui le chargeaient presque seul de tous nos malheurs; l'ingratitude humaine sous toutes ses formes, depuis les défaillances des votes populaires jusqu'aux misères domestiques de l'amitié trahie. Sur la scène du monde où je cherche encore son image, Jules Favre restera comme l'un des personnages les plus pathétiques qu'ait montrés, dans notre siècle, le drame éternel des révolutions.

Vous n'attendez pas de moi le récit complet de sa vie ; et, si je le voulais faire, peut-être, aujourd'hui, hésiteriez-vous à l'entendre. Les contemporains font justice tôt ou tard des ambitions vulgaires que la faveur du peuple élève et précipite tour à tour. Mais la postérité seule est le juge des hommes politiques qui ne sont pas indignes de ce nom ; et, pour eux, l'Académie française, elle-même, n'est point la postérité. Elle ne pousse pas jusque-là, j'en suis sûr, la fiction légitime de son immortalité.

Ce que je veux tenter devant vous, c'est l'histoire d'une intelligence étrange et d'une âme mal connue. Ce que je veux chercher, c'est comment s'est formée, comment a grandi cette éloquence native qui, maîtresse dans le même temps de la tribune et du barreau, a fait l'étonnement, le charme ou l'effroi de la génération avec laquelle j'ai vécu et j'ai vieilli ; ce qu'elle a pris dans l'homme lui-même, ce que l'art lui a prêté de richesses, et ce que, peut-être, il lui a fait perdre de puissance.

Jules Favre est né à Lyon, en 1809, dans une famille intelligente et laborieuse, avec laquelle il est toujours demeuré tendrement uni. Sa mère était une grave et sainte femme, qu'il aima, — comme on aime sa mère, — et dont la mémoire vénérée est restée toujours présente à son cœur. « Elle était sincèrement catholique et philo-
« sophe, a-t-il dit en parlant d'elle. Je n'oserais pas affir-
« mer que sa foi ne gênât pas un peu l'indépendance
« de son esprit ; mais elle avait dans le cœur tant de

« grandeur et de tendresse, dans l'intelligence tant de
« raison et de fermeté, qu'elle ne pouvait pas plus se
« dispenser de croire que de penser librement. »

« Catholique et philosophe!... » Je ne sais trop comment l'entendait Jules Favre ; et peut-être eût-il été in-
discret de le lui demander. Mais, en lisant ces lignes,
je songeais à ces pieuses femmes de Port-Royal, à ces
saintes hérétiques, dont Philippe de Champaigne a fait
les portraits, et dont Sainte-Beuve a écrit la vie. Il me
semblait voir passer dans le lointain la calme figure de la
Mère Agnès et le profil austère de la Mère Angélique.

A neuf ans, l'enfant suivait les cours du lycée de Lyon,
et à seize ans il achevait ses études. C'était le temps où
l'esprit français renouvelait toutes ses méthodes et brisait
toutes ses entraves. C'était le temps où notre jeunesse, à
peine convalescente des langueurs d'Obermann et de la
maladie de René, s'enivrait à cette large coupe qui, des
lèvres de Gœthe et de Byron, passait dans les mains de
Victor Hugo, de Lamartine et de Musset. Dévoré du be-
soin de savoir, brûlant des sombres ardeurs des écoles
d'Allemagne, déclamant sur sa route le monologue de
Faust et les stances désespérées de Manfred, Jules Favre
quitta sa famille et vint à Paris. Pour le connaître et pour
le juger dans tout le reste de sa vie, il faut lire le récit qu'il
a laissé de ces premières années de jeunesse; de ces jour-
nées, commencées à cinq heures, à la lueur de la lampe
matinale, dans sa petite chambre du pays latin; partagées
par un règlement inflexible entre le travail, les biblio-
thèques et les cours; tourmentées par mille tentations toujours vaincues ; sevrées même des plus honnêtes plaisirs ;

et traversées seulement par ces grands coups de lumière qui, à la voix des Guizot, des Villemain, des Cousin, des Ampère et des Gay-Lussac, allaient éclairer, au fond de cette âme solitaire, les horizons lointains de l'histoire, les cimes les plus ardues de la philosophie, et les secrets les plus cachés de la science.

Vainement sa mère lui écrit une lettre admirable pour le détourner de cette vie étroite et violente, de cette sainte folie du travail qui, à deux siècles de distance, nous rappelle encore, malgré nous, les Arnauld et la sainte folie de la croix. Vainement elle l'adjure de se livrer surtout à l'étude et au commerce des hommes. Il s'obstine dans sa réclusion monacale, dans son ascétique retraite ; et bientôt, de cette puberté chaste et taciturne va sortir cette éloquence correcte et fougueuse à la fois, châtiée jusqu'à l'asservissement, hardie jusqu'à la licence, dont maintenant vous comprendrez mieux, ce me semble, la perfection redoutable et l'harmonieuse âpreté.

Mais, au milieu de ces élans juvéniles et de ces ardentes austérités, Jules Favre avait un but auquel il ramenait tous ses efforts. La politique et le droit, la tribune et la barre, la parole et le combat : telle était l'infatigable visée de ce jeune homme silencieux.

Cicéron et Machiavel, nous dit-il, étaient l'objet de ses études acharnées. — Il est permis de croire que Machiavel ne lui a jamais livré tous ses secrets ; — mais ce qu'on peut affirmer sans crainte, c'est que Cicéron n'a pas eu parmi nous de disciple plus brillant et de plus admirable imitateur.

Si j'étais dans notre vieux Palais de Justice, parlant à notre chère jeunesse, je lui ferais voir de plus près encore, pour la défendre contre le mensonge des succès faciles, par quelles épreuves Jules Favre a conquis son éloquence. Je le lui montrerais tel qu'il n'a pas craint de se peindre, « répétant jusqu'à dix fois un projet de dis-« cours, variant autant que possible les détails, et arri-« vant à des effets qui le surprenaient lui-même ; s'exal-« tant dans ces exercices solitaires, sentant un frisson « nerveux qui s'emparait de tout son être et ses yeux se « remplir de larmes... » Messieurs, ce frisson et ces larmes, c'était la fièvre de l'éloquence ; celle que vous connaissez, maîtres de la parole, de la forme et de la pensée ; orateurs, artistes, écrivains et poètes, vous tous qui savez ce que coûte l'amour de l'éternelle beauté, à quel prix elle se donne, et comment on lui arrache ses trésors.

Ainsi armé, plein de science et d'inexpérience, à vingt ans, Jules Favre est entré dans la carrière. En 1830, peu de jours après la révolution, il prenait sa place dans ce grand barreau de Lyon, qui a le droit, aujourd'hui, de partager avec nous cette gloire fraternelle, et dont l'Académie, je l'espère, me permettra d'associer le nom au nom de mon illustre devancier.

C'est à Lyon qu'il était né ; c'est de Lyon que lui devaient venir ses premières émotions d'écrivain, d'avocat et d'orateur.

Je vous disais que la vie politique de Jules Favre n'appartenait ni à vous ni à moi. Mais la politique a été sa passion et sa vie. Elle a été l'homme tout entier ; et vous n'entendez pas que je garde un silence pusillanime sur ses plaidoyers politiques et sur ses discours.

Depuis trente ans, à mon rang et à ma place, j'ai servi souvent les causes qu'il a combattues, et souvent j'ai combattu les causes qu'il a servies. Mais je me sens assez sûr de moi pour relire sans danger ces pages de notre histoire, et pour admirer l'orateur, sans lui rien céder de mes sentiments ni de mes souvenirs.

En 1834, à Lyon, des écrivains et des artisans furent traduits devant la Justice, comme membres d'une association illicite. Plusieurs d'entre eux avaient Jules Favre pour défenseur.

Le 9 avril, il plaidait encore lorsque éclatèrent, aux portes du Palais, les clameurs de l'insurrection et le bruit du combat. En sortant, il se trouva au milieu de la bataille et faillit y perdre la vie. Pendant six jours, les rues de Lyon furent livrées à toutes les horreurs de la guerre.

Peu de temps après, les yeux et le cœur pleins de ces lugubres spectacles, il exhala sa douleur dans quelques pages, en tête desquelles il écrivit : *Anathème*.

Lamennais venait de publier les *Paroles d'un croyant*. Le livre de Favre est l'écho, — j'allais dire le plagiat, — de cette lamentation redoutable ; écho incohérent et confus, qui semble railler la voix du maître ; pastiche biblique où l'auteur entasse au hasard les réminiscences précipitées de ses études ; où il interroge, sans leur donner le temps de lui répondre, la « création dont « il sonde les mystères, l'histoire qui soulève pour lui.

« dit-il, la pierre sépulcrale des empires, et la science
« dont il gourmande les obscurités. » Ici les souvenirs vulgaires de la veille se croisent avec les grandes
aventures de l'éternité. Là, dressant le bûcher du vieux
monde, il y jette pêle-mêle la France avec l'Espagne,
l'Angleterre avec la Russie. Il extermine en quelques
lignes tous les peuples et tous les rois ; puis, soudain,
cette apocalypse bizarre s'apaise et s'endort dans une
prosopopée miraculeuse de la Charité qui relève toutes
ces ruines, qui ressuscite tous ces morts, et qui berce la
renaissance d'un monde nouveau dans un interminable
chant de paix et d'amour.

C'était bien là l'éruption d'une âme vierge et d'un
esprit exalté par la solitude. C'était bien ce chaos juvé-
nile dont parle Cicéron : « *Amo in juvene unde ali-
quid amputem.* » Dans ces ronces et dans ces brous-
sailles, il fallait, en effet, couper largement. Mais le jeune
avocat n'était pas homme à rien perdre : et tout ce qu'il a
pu conserver de son livre, on le retrouve dans le plaidoyer
qu'il en tira peu de temps après.

A Paris, à Saint-Étienne, dans d'autres villes encore, l'insurrection lyonnaise avait eu de sanglants contre-coups.
Le gouvernement, dont M. Thiers était le chef, vit
dans ces mouvements l'exécution d'un vaste complot
tramé par les partisans de la République, et la cour
des Pairs fut chargée de le juger. Jamais procès plus
tumultueux et plus touffu ne s'agita devant une cour
de justice. Jamais accusés ne furent plus intraitables
et plus violents. Ils allaient jusqu'à refuser le minis-

tère des avocats, et ils voulaient une défense... laïque.

La Cour des Pairs siégea pendant quarante-trois audiences. Les débats furent dirigés avec une admirable modération par le chancelier Pasquier, dont le nom, si noblement porté, appartient encore à l'Académie — comme il appartient à l'éloquence, — et dont le siège est occupé parmi vous par un des orateurs les plus puissants, par un des avocats les plus illustres, par un des citoyens les plus intègres qui aient jamais donné dans ce pays l'exemple de l'honneur et de la probité politique.

Malgré ses confrères, malgré ses clients insurgés, Jules Favre voulut parler. Il parla en tribun et il plaida en maître. Ce coup d'audace fut le commencement de sa fortune. Ce fut aussi son premier engagement public avec le parti auquel, pendant toute sa vie, il est demeuré fidèle.

Depuis ce jour, il n'y eut guère de procès politique où ne figurât cet athlète infatigable. Les journalistes au lendemain d'un article imprudent; les insurgés au lendemain d'une défaite; les candidats malheureux au lendemain d'une élection orageuse; les vaincus irrités de leurs revers et les vainqueurs enivrés de leurs succès; les diffamés, — et quelquefois les diffamateurs; — toutes les ambitions, toutes les passions que fait naître le choc des partis dans un pays libre ou qui le veut devenir; telle fut, pendant plus de trente ans, la clientèle sans pitié de cette éloquence sans repos. Il semblait que cette grande parole appartînt à tous, et qu'en prodiguant à tous, avec sa fortune, son talent, ses forces et sa vie, l'orateur ne fît que répandre une richesse publique dont il était seulement le dispensateur.

Les noms de ces causes, jadis fameuses, rempliraient inutilement ce discours. C'est aujourd'hui une scène vide dont les drames sont oubliés, et dont les personnages ont disparu pour toujours; il n'en reste que quelques décors en ruine où résonne encore la voix de l'incomparable artiste qui donnait à ces jeux subalternes de la polique une passagère grandeur.

Deux de ces procès, cependant, demeurent unis au nom de Jules Favre par d'ineffaçables souvenirs.

Au mois de janvier 1858, pendant que l'Empereur se rendait au théâtre, des bombes éclatèrent sur son passage, et, sans le frapper, répandirent la mort autour de lui. Un Italien avait conçu et commis le crime.

Orsini était un de ces grands conspirateurs comme l'Italie en a tant vu naître : esprits étroits et violents où venaient tomber, pêle-mêle, comme dans un sombre foyer, les souvenirs fabuleux de l'ancienne Rome, les légendes sanglantes des républiques du moyen âge, la colère et les douleurs d'une servitude séculaire, les ardeurs et les espérances confuses de la liberté. Imaginations emphatiques et sonores où, de siècle en siècle, la poésie populaire faisait pénétrer, avec les mélodies enchanteresses de la langue natale, le rêve éternellement inassouvi de l'indépendance et de l'unité de l'Italie.

Orsini avouait son crime. Il en glorifiait la pensée; il attendait avec calme le châtiment. Il avait demandé à son avocat de défendre non pas sa vie, mais sa mémoire.

Je vois encore Jules Favre au banc de la défense, le visage livide, les yeux baissés, les mains immobiles : debout devant cet homme qui portait sur son front.

avec toutes les forces de la jeunesse et de la vie, la réso-
lution, la certitude et le dédain de la mort. J'entends
cette voix lente et morne, que n'accompagnait aucun
geste, que secouaient seulement, par intervalles, le frémis-
sement convulsif de la lèvre, et ce hoquet tragique dont la
légende est restée parmi nous.

Ce ne fut pas une défense, mais une harangue funèbre
et comme un magnifique chant de mort... Je ne veux rien
citer de ce discours : un crime pareil au crime d'Orsini
vient d'épouvanter le monde ; et, au lendemain de ces funé-
railles sanglantes, rien ne doit nous distraire de l'horreur
profonde que de tels forfaits nous inspirent.

Six ans plus tard, avec les chefs les plus illustres du
barreau et dans le plein éclat de sa renommée, Jules
Favre eut à défendre, comme au jour de ses débuts, cette
liberté d'association qui, aux yeux des républicains d'alors,
semblait une des plus naturelles et des plus nécessaires de
nos libertés. Il l'avait réclamée, d'abord, pour des ouvriers
qui voulaient s'entendre sur leurs salaires. Il la réclamait
cette fois pour des citoyens qui voulaient s'entendre sur
leurs votes. Il la demanderait pour d'autres encore aujour-
d'hui. Il dirait que la liberté n'est ni la superstition
d'une secte, ni le mot d'ordre d'un parti ; que si elle
n'est pas le droit de tous, elle n'est que le prête-nom
de la tyrannie ; et, comme autrefois, il répéterait ces
fières paroles : « Je ne dis pas seulement que cette
« cause triomphera (c'est un bien petit accident de notre
« vie politique) ; je dis que la liberté est impérissable.
« Nous pouvons considérer d'un œil serein le nuage qui
« passe.... Le soleil n'en sera pas obscurci. »

Berryer, Marie, d'autres qui m'entendent, étaient près de lui et devaient plaider après lui. Mais, lorsqu'il eut parlé, Berryer, au nom de tous, déclara qu'ils avaient résolu de se taire.

Si j'ai su donner quelque idée de cette nature méditative et ardente, passionnément éprise de la forme et de la beauté, vous comprendrez sans peine quelles étaient, parmi les affaires dont il était accablé, celles qui l'attiraient surtout et qui plaisaient à son génie.

Malgré les antiques railleries auxquelles les avocats ont fini par s'endurcir, vous ne croyez pas, j'en suis sûr, que le mur mitoyen borne éternellement notre héritage. Il y a dans notre état bien des échappées par où l'esprit peut s'élever : de grands horizons vers lesquels le cœur peut s'ouvrir, et l'âme se répandre. Si vous saviez quels étranges spectacles nous avons chaque jour sous les yeux ! Si vous saviez de quels secrets nous sommes les dépositaires, de quelles douleurs sans nom et sans espoir nous sommes chaque jour les témoins ! Tous les Atrides ne sont pas morts, et la famille d'Agamemnon n'est pas près de finir. Même dans nos âges bourgeois, Beaumarchais, Diderot et Sedaine n'ont fait qu'entr'ouvrir la porte de la *Mère coupable*, du *Père de famille* et du *Philosophe sans le savoir*. Balzac n'a pas épuisé les misères de la Comédie humaine. Les maîtres de la scène, les romanciers puissants que je vois parmi vous, ont encore à faire plus d'un chef-d'œuvre ; et même les plus terribles, même ceux qui voient d'un œil sec — les hommes qui tuent les femmes et les femmes qui tuent les hommes, — peuvent encore nous

envier bien des tragédies, dont nous ne sommes, heureusement, que les confidents classiques, les Arcas, les Arbate
et les Théramène.

Grâce à nous, j'ose le dire, les plus tristes de ces
drames sont ceux que le public ne connaît pas. Les plus
poignantes de ces douleurs sont celles que nous condam-
nons à se taire, et dont notre honneur seul garde l'in-
violable secret.

Bien d'autres procès, moins graves et moins sombres,
peuvent tenter aussi l'imagination et donner carrière à la
pensée.

On a souvent parlé de l'alliance des lettres et du barreau.
Il m'est arrivé de médire ailleurs de cette parenté douteuse,
et vous avez tout fait, Messieurs, pour que je regrette
aujourd'hui mon irrévérence. Mais, dans tous les cas, je
le confesse, il y a un point par où la littérature touche
au Palais chaque jour davantage : je veux parler des procès que la fraternité des lettres y amène. Du temps de
Molière et de Boileau, entre les écrivains et les pla-
giaires, entre les libraires et les auteurs, c'était chez Bé-
lise et chez Barbin que se vidaient ces querelles. Aujour-
d'hui, c'est devant la Justice que sont portés les graves
débats que la liberté de l'art a fait naître. L'écrivain, le
peintre, le musicien, le statuaire, ne sont plus aux gages
de l'État ou d'un financier magnifique. C'est du public
qu'ils attendent le juste salaire de leurs travaux, et c'est
aux tribunaux qu'ils demandent la sanction du droit qu'ils
ont sur leurs œuvres.

Jugez quelle recherche, quel art, quel souci littéraire
Jules Favre devait apporter dans ces causes où la littéra-

ture et l'art étaient le sujet même de ses discours! Cicéron plaidant pour le poète Archias n'était pas plus heureux, plus débordant, plus fertile en digressions aimables, plus prodigue des trésors de son éloquence et du superflu de ses richesses. Archias ne gagnait pas toujours son procès, mais Cicéron ne perdait jamais le sien.

Cependant, pourquoi ne pas le dire? il y avait dans ce vaste esprit un travers étrange, et qui lui a coûté beaucoup d'erreurs : c'était l'amour du merveilleux ; un penchant invincible à croire ce qui paraissait incroyable, et à tenter ce qui paraissait impossible ; une inquiétude d'âme, une curiosité mystique qui le poussait, à travers mille dangers, vers ces régions suspectes où la crédulité touche à la croyance, où la réalité se perd dans les chimères ; où les superstitions des faux cultes et les supercheries des fausses sciences remplacent les enseignements séculaires de la raison et les antiques mystères de la foi.

Au XVIe siècle, il n'aurait pas cru, — peut-être, — à la sorcellerie ; mais il aurait plaidé pour les sorciers de telle sorte qu'il aurait bien pu se faire brûler avec ses clients. Dans notre temps, où l'on n'a encore brûlé personne, il lui est arrivé de s'engager dans des aventures oratoires d'où nul autre ne serait revenu tout entier, mais où son éloquence intrépide le sauvait par des prodiges d'adresse et d'audace. Le magnétisme dans ses pratiques les plus hasardeuses, les apparitions et les miracles de la veille dans leurs phénomènes les plus contestés, les paradoxes historiques les plus hardis, les légendes les plus mal famées de la crédulité populaire, sont venus hanter tour à tour ce grand esprit toujours en peine de l'inconnu, et qui, parfois, comme pour se délasser de la politique et des affaires, semblait donner à sa fantaisie les restes capricieux de son éloquence.

C'est dans toutes ces causes que le talent littéraire, le sentiment philosophique et la parole harmonieuse de Jules Favre brillaient de tout leur éclat. C'est là aussi qu'il rencontrait ses plus redoutables rivaux :

Philippe Dupin, avec son bon sens bourgeois, ses boutades triviales et sa fougue robuste ;

Paillet, avec la simplicité pénétrante de son honnête et ardente parole ;

Chaix-d'Est Ange, impétueux et habile, éloquent et moqueur ;

Bethmont, qui laissait jaillir par éclairs, sous sa nonchalance dédaigneuse et à travers ses paupières à demi-fermées, les élans généreux d'un grand cœur ;

Crémieux, orateur incorrect et puissant, jurisconsulte, homme d'affaires, causeur, conteur, railleur sans aucun fiel ; l'une des figures les plus originales et les plus vivantes qui soient restées dans nos souvenirs ;

Léon Duval, le maître des élégances cruelles, *arbiter elegantiarum;* solitaire dangereux, lettré formidable et délicat que le barreau a peut-être enlevé à l'Académie ;

Marie, l'austère Marie, avec sa parole émue, son âme droite, son esprit fait pour les hauteurs, qui montait un peu trop quelquefois, et qui ne savait jamais descendre ;

Berryer enfin, le plus grand d'eux tous à leurs yeux, par la splendeur naturelle de tous les prestiges qui font, non plus l'orateur, mais l'éloquence.

Pardonnez-moi de nommer ici (et, grâce à Dieu, je n'ai pas le droit de les nommer tous !) cette phalange d'avocats illustres qu'a entendus ma jeunesse. Souffrez que je leur reporte l'honneur que vous faites aujourd'hui au barreau, et que j'invoque devant vous, pour le plus humble de leurs disciples, le patronage de ses anciens et de ses maîtres.

Quand Jules Favre parut au milieu d'eux, ce fut un grand étonnement. Jamais personne n'avait mis au service des procès et du droit une parole si pure, une recherche si curieuse de l'élégance, du nombre et de l'harmonie, un art si savant d'arranger les mots, d'en conduire le son, d'en surveiller la cadence et la mesure.

On crut d'abord que ce n'était qu'une curiosité, le produit avare d'un travail étroit qui renouvellerait rarement ses surprises ; que le mouvement précipité des affaires, la soudaineté de l'attaque, la promptitude de la défense, les hasards de l'improvisation, allaient vite mettre en déroute ce talent travaillé à loisir. Mais on vit bientôt que cet avocat laborieux se défendait comme il attaquait, qu'il répliquait comme il plaidait, avec la même correction, la même élégance implacable, et que l'art de parler n'avait pour lui ni embarras ni secrets.

On crut au moins que cette parole si châtiée n'était propre qu'à un seul genre d'éloquence ; que si les sujets élevés et délicats étaient bien son fait, les questions de droit, les procès d'affaires, les causes où s'agitent des passions violentes ou des intérêts vulgaires la prendraient au dépourvu, tout entière au soin de s'écouter elle-même,

et que l'on passerait aisément à travers les élégances et les
métaphores de cette rhétorique somptueuse. Mais on ne
tarda pas à reconnaître qu'aucun choc ne pouvait déranger
la symétrie de ces discours et froisser les plis de leur mer-
veilleuse parure ; que, même dans les causes périlleuses
où l'avocat semblait se jouer et se complaire, il argumen-
tait avec vigueur ; que le plaidoyer était souvent plus
logique que le procès ; que la colère, le dédain, l'ironie
activaient son éloquence sans lui rien faire perdre de son
charme ; et qu'enfin, pour parler un peu comme lui, — les
torrents tombaient dans ce fleuve sans troubler le bruit
harmonieux de ses ondes.

A force de travail, l'orateur s'était fait une langue si
forte et si pure, qu'elle l'enchaînait malgré lui, et qu'il lui
était aussi difficile de faire une faute de grammaire qu'il est
malaisé à d'autres, — même aux avocats, — de s'en défendre. L'artiste s'était construit un instrument si parfait,
qu'au milieu des variations les plus audacieuses, il lui était
impossible d'en fausser l'inaltérable justesse.

Les habiles et les utiles se moquèrent d'abord de ce
joueur de flûte égaré au milieu de tant de passions déchaî-
nées. Mais lorsque tous, tour à tour, se furent mesurés
contre ce mélodieux rival ; lorsqu'ils eurent senti son ironie
hautaine, ses sarcasmes amers, et les cruels déplaisirs qu'il
gardait à ses adversaires tout étourdis de ces flots d'harmonie, il fallut bien se rendre et proclamer un maître qui
n'avait pas eu parmi nous de modèle, et qui devait rester
sans imitateurs.

Quant au public, ravi de la singularité du spectacle
plus encore que de sa beauté, il suivait sans respirer, avec

3

des terreurs qui redoublaient son plaisir, ces phrases périlleuses qui, emportant la pensée dans leur courbe hardie,
éclataient à des hauteurs infinies en gerbes magnifiques, et
retombaient lentement au milieu d'une pluie d'étincelles.

La personne de Jules Favre, son accent, sa voix, inquié-
taient plus encore qu'ils ne passionnaient ses auditeurs.

Dans sa jeunesse, il était grêle et maigre, d'aspect ché-
tif et maladif. Plus tard, ainsi qu'il arrive souvent chez
les orateurs, l'effort continuel de la parole avait élargi sa
poitrine, en même temps que l'effort continuel de la pensée imprimait à son visage une sorte de tragique grandeur.
Ses traits n'avaient ni cette ouverture ni cette mobilité qui
laissent voir les mouvements du cœur et le jeu de la pensée ;
ni ces saillies généreuses qui, dans le visage de certains
hommes, semblent aller hardiment au-devant de la foule.
Mais vous avez encore devant les yeux cette grande ligne
étrange, excessive dans ses reliefs comme dans ses retraites,
qui enveloppait et dessinait sa face puissante ; poussant le
front en dehors, laissant les yeux dans l'ombre, et se rele-
vant avec cette lèvre tourmentée, cruelle et douce tour à
tour, qui se contractait par un mouvement bizarre comme
pour scander la parole et lui donner tout son essor ; — sa
chevelure épaisse et drue, massée par vastes plans, en désor-
dre et comme en tumulte ; — enfin, ce front fatal et chargé
d'ennuis qui semblait fait pour la douleur, que la passion
animait souvent, et qu'éclairait rarement un sourire.

« *Chacun a la voix de son talent* », a dit un grand criti-
que en parlant des orateurs. Comment la voix de Jules
Favre n'aurait-elle pas été harmonieuse? Naturellement

souple et sonore, disciplinée par le travail, c'était un courant limpide et pur sans beaucoup de profondeur, inter-
rompu çà et là par des secousses savantes, et coupé souvent par une sorte de toux oratoire qui, chez ce grand
artiste, marquait, soit une courte hésitation de la parole,
soit un repos prémédité, et comme une ponctuation parti-
culière de la pensée.

Tel qu'il était, avec ses qualités puissantes et ses défauts généreux, Jules Favre avait depuis longtemps pris
sa place parmi les chefs les plus renommés du barreau,
lorsqu'en 1860, il fut élu bâtonnier de l'ordre.

On a dit ailleurs, en termes excellents, avec quelle vigi-
lance et avec quelle vigueur il remplit sa charge; mais,
parmi les devoirs qu'elle lui imposait, il en était un surtout qui lui était cher, et où se déployaient librement
les facultés éminentes que le goût et le culte des lettres lui
avaient données. Sous son consulat, les discours que
chaque année le bâtonnier doit à la jeunesse furent un
évènement.

Les belles pensées, les beaux exemples, les souvenirs
classiques résonnaient à l'oreille des jeunes gens, comme
l'écho voisin des grandes voix de Virgile, d'Horace, de
Tacite et de Juvénal qu'ils entendaient naguère dans les
salles de la Sorbonne et de nos lycées. Les citations se
pressaient en foule (quelquefois même un peu étouffées
faute d'espace), dans ces harangues domestiques dont le
bruit n'a guère dépassé le seuil du Palais, mais où vous
trouveriez, sous la plume laborieuse du maître, bien des
traits que vous ne jugeriez pas indignes de vous.

C'est là qu'entouré des maîtres du barreau, il poussait jusqu'aux derniers raffinements les préceptes et la théorie de son art. Après les charmantes causeries de Loysel et de Pasquier, que le barreau conserve avec orgueil, rien ne rappelle plus heureusement ces beaux dialogues que l'antiquité nous a laissés, lorsque dans les courts intervalles de la guerre civile, au lendemain ou à la veille d'une sédition, les plus grands orateurs de Rome, Crassus, Antoine, Marcus Brutus et Cicéron, réunis dans les jardins de Tusculum, viennent s'asseoir au pied de la statue de Platon pour disserter sur l'éloquence (*in pratulo, propter statuam Platonis consedimus*).

Comme eux, c'est au milieu des orages de la vie publique que Jules Favre avait vu grandir son talent. Comme eux, il a vécu dans ces tempêtes, rejeté sans cesse, avec son pays, de la liberté à la servitude, des séditions à la dictature, de Pompée à César, puis d'Antoine à Lépide ; comme eux infatigable avocat, infatigable orateur ; comme eux, courant du prétoire au forum ; interrompant la défense d'un citoyen devant les juges pour achever une harangue devant le peuple assemblé ; se faisant de la parole une arme et une parure ; tribun comme l'aîné des Gracches, artiste comme lui, et par là du moins assuré de survivre, dans la mémoire des hommes, aux agitations éphémères que sa voix avait soulevées.

Survivre !... dérober quelques heures à l'éternel oubli ! Prolonger de quelques jours, sur cette terre où nous ne serons plus, le bruit léger qu'y peut laisser notre passage ; tel est le rêve de tous les hommes : le rêve des humbles cœurs qui n'ont su qu'aimer, et qui ne veulent pas qu'on les oublie ; le rêve des âmes hautaines qui se complaisent d'avance dans ce semblant d'immortalité. Si Jules Favre a rêvé souvent, ce n'est pas dans ces visions orgueilleuses que s'est égarée sa pensée.

Ce songeur mélancolique n'a jamais connu la vanité turbulente qui enivre parfois les orateurs. Il savait, — il a dit dans un écrit remarquable, — ce que le temps fait de l'éloquence, ce que le temps ferait de sa renommée, ce que le temps emporterait de ses discours ; et, en publiant quelques-uns d'entre eux seulement, il a marqué lui-même ce qu'il croyait pouvoir sauver des mêlées de la politique et livrer au jugement de ceux qui viendraient après lui.

Qui de vous cependant, hommes d'État qui m'écoutez, ne se rappelle le discours dans lequel, il y a vingt ans, au lendemain d'une révolution, il défendait la magistrature française contre les outrages qui lui étaient, alors, prodigués, et contre les entreprises détestables qui la menaçaient? Qui ne l'entend s'écriant, avec Montalembert, que dans un pays où les changements politiques ne sont pas rares, et où la chute d'une monarchie n'a jamais empêché la renaissance du despotisme, l'indépendance du juge est presque la seule sauvegarde de la liberté?

Qui ne l'admirerait encore lorsque, protestant contre l'avidité de deux grands États qui se partageaient entre eux les dépouilles d'un petit peuple vaillant, il dénonçait la puissance formidable qui, par ces jeux faciles de la force, préludait à la domination de l'Allemagne et à l'abaissement de notre patrie?

. Qui donc, enfin, dégagé des passions d'un temps qui

n'est plus, ne se prend à gémir qu'on n'ait pas écouté cette
voix éloquente, lorsqu'avec le grand patriote que la France
a perdu, Jules Favre adjurait les représentants du pays
de ne pas laisser jeter au loin, de l'autre côté de l'Atlan-
tique, au milieu de tous les hasards, au risque de tous les
dangers, nos soldats, nos trésors, et l'honneur de notre
drapeau?

Mais ni les agitations parlementaires, ni les orages de la
tribune, ni les fatigues du barreau, ne suffisaient à cet
esprit insatiable.

Fidèle aux ardeurs inquiètes de sa jeunesse, il prome-
nait sans relâche, à travers les domaines sans bornes de la
pensée, l'éternel tourment de son âme en peine et de son
intelligence en labeur.

Dès 1868, lorsque par des lois longtemps attendues
l'Empire penchant s'essayait à la liberté, Jules Favre entre-
prit une suite de conférences publiques où il abordait les
sujets les plus graves et les plus divers. C'était un grand
attrait ; c'était aussi un grand danger pour un esprit comme
le sien, que ces dissertations familières où l'orateur est le
maître absolu de son sujet et de son discours ; où la parole peut déborder à l'aise sans rencontrer un adversaire
qui la surveille, un interrupteur qui la contienne, un règlement qui en marque les limites ; et où l'orateur n'a rien à
craindre, — sinon les applaudissements et les sourires
d'un auditoire complaisant qui l'encourage à ne point
finir.

Je n'oublie pas que la conférence politique est née à
l'Académie. Mais oserai-je l'avouer? j'ai eu d'assez longues défiances contre cet emploi charmant de la parole

qui n'est ni le cours ni le discours, ni la plaidoirie ni la causerie, ni le sermon ni le théâtre, et qui est un peu tout cela, sans être pourtant ni l'un ni l'autre. Il m'a fallu, pour m'ébranler, entendre des orateurs comme ceux que je ne peux pas nommer devant vous : celui-ci, avec son éloquence abondante et souple, active et imprévue, pleine d'ampleur et d'énergie ; philosophe éminent, écrivain accompli, sage politique ; improvisant sur un fond inépuisable de savoir et de doctrine, que soulève sans cesse le souffle généreux de la liberté ; celui-là, ingénieux et conteur, habitué à toutes les surprises et à tous les succès de la scène ; maître consommé dans l'art de bien dire et de bien lire ; qui, durant les angoisses d'un hiver sanglant et sinistre, trouvait le secret de réveiller nos esprits engourdis, de relever nos courages abattus et de *ravitailler* les âmes en détresse.

Et malgré tout, malgré eux, malgré Jules Favre qui en a fait quelque part la théorie et la poétique, je doute que cet art nouveau devienne jamais un art vraiment français, et prenne dans notre démocratie la place de la conversation qui n'est plus. Nos qualités comme nos défauts s'y opposent ; surtout ce goût du développement et de la solennité oratoire qui reste, à travers nos révolutions et en dépit de toutes les réformes, le trait le plus populaire de notre rhétorique nationale. Il y faudrait plutôt, ce me semble, l'entrain, la bonne humeur native, le bon sens bref et robuste des Anglais ; ce langage alerte et pédestre, sans prétention et sans emphase, coupé de malices et de saillies, qui donne tant de saveur aux discussions du Parlement, aux harangues des meetings, et aux toasts im provisés au banquet du lord maire, entre Gog et Magog, dans la vieille salle de la Cité.

Je doute surtout que le talent de Jules Favre dût se plier aisément à ce genre d'éloquence. Il s'y est complu cependant, et dans le recueil de ces conférences, comme dans la préface remarquable où, traduisant Cicéron sans le vouloir, il refait, sans le savoir, une de ses œuvres, les jeunes gens trouveront encore des leçons avec des exemples.

Parlerai-je des études purement littéraires, des romans, des proverbes et des poésies auxquels s'est essayé Jules Favre...? Hélas ! Messieurs, que les poètes illustres qui m'écoutent n'en prennent aucun ombrage. Les *iambes* et la *Légende des siècles* n'y perdront pas un admirateur. Au Palais, où l'on aime assez les classiques pour se permettre avec eux quelques variantes, on dit :

> Qu'il faut qu'un *avocat* ait toujours grand empire
> Sur les démangeaisons qui lui prennent d'écrire...

Le public croit avec peine que nous puissions savoir à la fois le code et la grammaire. Bien écrire et bien parler lui paraîtrait de notre part un insupportable cumul ; et il y a là-dessus des lieux communs séculaires contre lesquels notre vanité vaincue ne cherche même plus à se défendre. Quand on a dit d'un avocat : C'est un lettré, on croit qu'on lui a causé quelque dommage, et qu'on peut se dispenser de lui répondre ; mais quand on a dit : C'est un poète, on lui a porté un coup terrible, et dont malaisément il se relève. — Tous n'en meurent pas, cependant... et Jules Favre était de taille à survivre à ces

innocentes malices. Dans tous les cas, il n'était pas homme
à s'en effrayer. Avant lui, Cicéron avait fait des vers. Ne
fallait-il pas que, par là aussi, le disciple imitât le maître?

Je n'offenserai pas leurs grandes ombres, si je dis que
les vers de l'un valent bien ceux de l'autre, et que la
postérité respectueuse y veut voir seulement le délasse-
ment de deux nobles esprits pendant les intervalles de la
politique, des affaires et de l'éloquence.

Mais il vint un jour où il fallut laisser la poésie,
les conférences et les discours. La révolution et la guerre
allaient emporter cette puissante nature vers de plus périlleuses destinées.

Jusque-là, Jules Favre avait combattu tour à tour deux
monarchies, dont la seconde avait dû parfois lui faire re-
gretter la première : toutes deux étaient tombées sous les
efforts d'un parti qui se croyait seul capable de gouverner
la France, et qui, pendant cinquante ans, n'avait reculé
devant rien pour y parvenir. L'orateur avait fait son œuvre;
l'homme d'État allait avoir son tour. La République mit
dans ses mains la part la plus lourde du pouvoir.

Ici je m'arrête. Toutes les bienséances me le comman-
dent. Vos consciences se révolteraient comme la mienne,
si j'étais condamné à porter sur l'homme politique dont je
m'étonne d'occuper la place, des jugements qui, dans ma
bouche, manqueraient d'autorité, peut-être même de fran-
chise.

Il a écrit lui-même cette histoire. Il a expliqué ses actes.
Il a plaidé sa cause devant le pays. Il a dit ses illusions,
ses fautes, ses douleurs, ses inutiles efforts ; cette tra-

gédie de sept mois, pendant laquelle, avant de nous frapper, chacun des outrages du vainqueur tombait d'abord sur son front. Qui donc, après lui, oserait ajouter un mot à sa défense?

Permettez-moi, cependant, au milieu de ces souvenirs lamentables, de porter devant vous un témoignage que, dans cette occasion publique, je dois peut-être à la vérité.

Vous vous rappelez ce voyage lugubre qu'aux premiers jours du siège de Paris, Jules Favre a cru devoir entreprendre, et la démarche qu'il a tentée auprès du chancelier d'Allemagne. L'entrevue de Ferrières est désormais une des légendes les plus sombres de notre histoire ; et quand finit cette guerre, parmi toutes les injures et tous les sarcasmes dont le ministre fut accablé, le récit qu'il avait fait de son ambassade eut, au premier rang, sa part et sa place.

J'atteste ici, devant d'illustres témoins, que tel ne fut pas le sentiment de cette cité captive qui, ce jour-là, entendit la voix de Jules Favre. J'atteste qu'elle admira son dévouement, qu'elle s'attendrit à ses larmes ; que son courage s'enflamma au récit des railleries cruelles dont il ne lui déguisait pas l'amertume ; et que si, dans cette page épique, une bravade imprudente attrista les esprits clairvoyants, il ne se fit pas moins dans toute la ville un soulèvement généreux qui redressa les âmes, les aguerrit à toutes les épreuves, et les enhardit à tous les dangers. Que d'autres plus sages, — et qui étaient alors loin de nous, — pensent que c'était une illusion puérile dont nous devons rougir aujourd'hui, et dont nous devons demander compte à celui qui l'avait fait naître. Libre à eux! Pour moi, je

dis ce que j'ai vu, ce que j'ai senti avec un peuple tout
entier ; et de ce tressaillement patriotique je rends grâce
encore, après dix années, au grand cœur d'où il est parti.

Cinq mois après l'entrevue de Ferrières, Jules Favre se
retrouvait en face du chancelier pour signer le traité qui
mettait fin à la guerre. Il semblait que ce fût le dernier
devoir que l'implacable destinée lui avait réservé de rendre
à son pays. Mais elle lui en gardait encore un autre. En
faisant de lui un des plus énergiques champions de la
France contre la Commune de Paris, elle lui montra quels
dangers menaçaient désormais la République, et par quelles
mains elle pourrait périr un jour.

A partir de cette époque, la vie publique de Jules Favre
ne fut plus qu'une longue décadence à laquelle il assista
tout entier, et dont son âme plus fière, son cœur plus
sensible, son intelligence plus forte que jamais lui lais-
sèrent sentir toutes les douleurs jusqu'à la dernière amertume.

Spectateur désenchanté de la politique, vers laquelle le
devoir seul le ramenait par instants, il écrivait en 1872 :
« Je juge mon rôle fini. Je peux disparaître de la scène
« où j'ai essayé de faire mon devoir. » Et deux ans plus
tard, au retour d'un anniversaire funeste : « En traçant cette
« date, ma main frémit d'indignation et de douleur. Il y a
« trois ans, elle avait ce jour-là mis mon nom au bas du
« fatal traité de paix, et je ne sais pas encore comment
« mon cœur ne s'en était pas brisé. Je me figure être un
« homme foudroyé, gardant les apparences de la vie. »

Au Palais, il ne venait plus que rarement. L'altération de ses traits était visible à tous les yeux, mais sa parole n'avait rien perdu de sa grâce ni de sa pureté. Le déclin même de la voix lui prêtait la douceur et le charme secret des choses qui vont finir.

Peu à peu cette nature puissante ployait sous le fardeau. Cette haute taille s'affaissait sur elle-même. Ces traits, si connus dans leur étrangeté légendaire, s'effaçaient sous une maladive pâleur. Les paupières semblaient naturellement gonflées par les larmes. Il ne restait rien du combattant ni de l'athlète d'autrefois. Son âme, désarmée, semblait réfugiée tout entière dans la douceur du sourire, dans la bienveillance du regard, et dans la morne sérénité de ces yeux distraits qui semblaient chercher ailleurs le repos des luttes et des orages de la vie.

Il y a deux ans, au mois de décembre, un autre avocat, grand par le talent et par le cœur, qui était alors le chef de notre ordre, était depuis longtemps malade. Il fallait ouvrir sans lui les conférences du stage, et, suivant nos vieilles coutumes, c'était le plus ancien des bâtonniers qui devait siéger à sa place. Jules Favre ne voulut pas manquer à ce devoir. Il vint ; il traversa, lourdement appuyé sur mon bras, cet antique palais plein de ses triomphes ; puis, se levant avec effort au milieu de ces jeunes gens dont la plupart ne l'avaient jamais entendu, auxquels il apparaissait comme le revenant illustre d'un autre âge, il fit, de sa voix douce et triste, une allocution touchante, où il leur promettait le retour de son ami et de leur chef. Hélas! c'était une illusion comme Favre en a eu plus d'une fois. Nicolet ne devait plus nous revenir... Et quant au glorieux bâtonnier d'autrefois, un mois après il n'était plus !...

Lorsqu'un philosophe, un écrivain, un artiste, un poète quitte cette terre, aussitôt il semble renaître et grandir. Son œuvre le fait revivre et prend *ce je ne sais quoi d'achevé* qui pouvait manquer encore à sa renommée. Mais jamais la mort ne se fait mieux connaître que lorsqu'elle pose sur les lèvres d'un orateur son doigt silencieux. Tout meurt alors vraiment sous sa main. Cette voix si connue qui s'arrête, cette bouche qui se tait, cette parole dont rien ne reste, pas même le souffle et le son : n'est-ce pas la plus frappante image du vide de la vie et du néant de la gloire ?

C'est alors que, dans des souvenirs qui demain seront effacés, au milieu des passions qu'elle a combattues ou servies, à travers les admirations et les injures qu'elle a soulevées, dans la poussière et sur le sable de l'arène, il faut se hâter de fixer les traces fugitives de cette puissance évanouie.

Si, d'après ces témoignages récents encore, je veux juger le caractère, le talent de Jules Favre, l'orateur et l'homme tout entier, voici par quels traits saillants il reste présent à ma pensée :

Une intelligence robuste, faite pour lutter et pour souffrir ; douée de force plus que de justesse, pleine de contrastes et de surprises ; portée naturellement aux extrêmes : exaltée par les ardeurs laborieuses d'une jeunesse solitaire, et se repliant sans cesse sur elle-même pour prendre de grands élans qui l'emportaient souvent bien au-delà de son but ;

Une âme très haute, tourmentée par la soif de l'inconnu
et de l'infini, sans cesse penchée sur les abîmes de nos
destinées; religieuse jusqu'au mysticisme, curieuse jusqu'au doute; éprise tour à tour des grandeurs séculaires
du catholicisme et des dogmes moins lourds de la réforme,
mais, à vrai dire, incertaine entre tous les cultes, et qui
s'était fait, dans le déisme flottant du Vicaire savoyard,
une retraite découragée entre la raison et la foi;

Enfin un cœur ardent et tendre, poussant jusqu'à d'in-
croyables excès la générosité, le désintéressement et
l'esprit de sacrifice, toutes ces dangereuses vertus qui
engendrent les grandes actions et les grandes erreurs.
Cet homme n'avait rien à lui, ni son temps, ni sa parole,
ni son bien. Prompt aux engouements et aux chimères,
des amis l'ont trahi sans qu'il cessât de croire à l'amitié.
Le peuple l'a oublié sans qu'il cessât de croire à la reconnaissance populaire. Amis ou ennemis, jamais personne ne l'a sollicité vainement; — mais ceux qui le connais-
saient bien lui demandaient, dit-on, moins de conseils que
de services...

C'était un de ces hommes que ne tente aucune des
basses avidités de la vie; leurs fautes, s'ils en commettent.
ne sont jamais de lucratives erreurs; pour les relever et
les ennoblir, ils dépensent souvent plus de vertus qu'il n'en
aurait fallu pour s'en défendre.

Quand je pense ainsi à Jules Favre, à l'ampleur un peu
emphatique de son langage, aux déclamations et aux paradoxes où il semblait parfois se complaire; puis à l'agita-
tion religieuse de son âme, aux faiblesses inconcevables
de son cœur, à ce sentiment profond de malaise, d'amer-

tume et de douleur qui a pesé sur toute sa vie, je songe
en même temps à Jean-Jacques, aux *Confessions,* à la *Nou-
velle Héloïse* et aux *Rêveries d'un solitaire.*

Mais si j'envisage l'artiste seulement, et si, parmi ses
contemporains, je cherche le génie dont son art porte la
plus vive empreinte, je trouve que par l'harmonie de sa
parole, par la cadence de ses discours, par le vague en-
chantement de cette musique sonore qui accompagne, qui
soutient la pensée, et qui, par instants, la remplace à
l'oreille de l'auditeur enivré, il rappelle de loin Lamartine, — un Lamartine en prose poétique, — déjà descendu
des *Méditations* à la *Chute d'un ange*, et de *Jocelyn* à l'idylle
cruelle de *Graziella.*

Est-il bon que ces esprits rêveurs, ces cœurs agités et
ces âmes errantes se trouvent mêlés de près à la politique?
Peut-on attendre d'eux les vues nettes et profondes, les
longs desseins et les volontés persévérantes auxquels se
font connaître les grands hommes d'État?...

Messieurs, il faut mettre un terme à ce discours. Puissé-
je, sans que la vérité en ait souffert aucune atteinte, avoir
rendu ce que je dois à cette grande mémoire! Puissé-je
avoir fait revivre l'illustre orateur dans le cœur de tous
ceux qui l'ont aimé, et avoir montré à ses ennemis eux-
mêmes par où ils sont obliges de ne le point haïr!

Richelieu, malgré son génie, n'a point dû prévoir la fortune et la grandeur singulière qu'à travers le temps nos
révolutions réservaient à l'Académie. Grâce à lui, au milieu
de nos discordes, il y a en France un lieu d'asile où il est
permis de parler honnêtement et librement de ceux qui ne
pensent pas comme nous; où, dans le domaine sans limites

de la philosophie, de la science, des lettres et des arts, se rencontrent les disciples de toutes les doctrines, les fidèles de toutes les croyances et les combattants de tous les partis; une demeure hospitalière où un jour M. Guizot accueillait le Père Lacordaire, et où Jules Favre remplaçait M. Cousin. Ces beaux spectacles, Messieurs, ne sont pas près de finir, et vous l'allez reconnaître en écoutant un vaillant capitaine qui a trouvé dans les traditions de sa race, avec l'amour passionné de la patrie, le culte impartial et généreux de toutes les gloires de la France.

RÉPONSE

DE

M. LE DUC D'AUMALE

DIRECTEUR DE L'ACADÉMIE FRANÇAISE

AU DISCOURS

DE M. ROUSSE

Prononcé dans la séance du 7 avril 1881.

Henri IV disait un jour au prévôt des marchands : « Si
je n'étais Gascon, je voudrais être Parisien. » — Monsieur.
vous êtes né rue Croix-des-Petits-Champs, et le berceau de
votre famille était au pied des Pyrénées ; Henri IV ne pouvait rien rêver de plus complet en fait d'origine. — Il
avait dit encore : « Semez des Gascons ; ça pousse partout. » Il aurait dû ajouter que les ceps du Midi trans-
plantés dans le Nord ne produisent plus le même vin. Or.
ni dans votre style, ni dans ce que j'ai ouï dire de votre
maintien, de vos habitudes oratoires, je ne retrouve l'en-

5

fant de nos terres chaudes; la chaleur est restée dans
votre cœur.

Il y a bien des manières de Parisiens. Vous appartenez
à la variété grave et correcte, plus nombreuse qu'on ne
croit. Votre vie sérieuse, consacrée à l'étude et à la pratique de votre profession, réglée et comme dominée par
le dévouement filial, rappelle ces mâles figures qui ont
fait l'honneur et la force de notre Tiers-État. Vous leur
ressemblez par plus d'un trait. Resté fidèle aux principes,
sans tenir à des opinions aujourd'hui délaissées, sans
épouser des préjugés dont la cause a disparu, vous avez
conservé certaines sympathies qui furent très vives chez
les bourgeois de vieille roche parisienne.

Non loin de l'ancien collège d'Harcourt où vous avez
fait vos classes avec distinction, et qui, mis aujourd'hui
sous le vocable de saint Louis, a eu cette rare fortune de
ne changer de nom qu'une fois, tout près de cette place
Maubert où fleurissait jadis un type bien parisien, mais
qui n'est pas le vôtre, s'élève une de nos plus antiques,
une de nos plus curieuses églises, Saint-Séverin. Il y a
plus de quarante ans, un éminent historien, brillant écrivain, professeur charmant, qui, sans se renfermer dans un
programme bien arrêté, savait mêler à des leçons nourries
de faits les plus séduisantes divagations, et qui pouvait
toujours suppléer par les ressources de son imagination
inépuisable aux rares lacunes de son immense savoir,
M. Michelet, exhortait ses élèves, — il en avait un peu
partout, — à visiter Saint-Séverin. Avec sa parole enthou-
siaste, il décrivait, il expliquait le lion mutilé qui décore
l'ancien porche, le gothique fleuri de la grande fenêtre;

« ce n'est pas tout, ajoutait-il, on y voit encore des jansénistes. »

Eh bien! Monsieur, vous avez une telle prédilection
pour Port-Royal, vous revenez si naturellement dans tous
vos écrits à ces hommes « austères comme des stoïciens,
tenaces comme des moines », que je vous soupçonnerais
volontiers d'être un peu de ceux qu'on rencontrait jadis à
Saint-Séverin, — ce ne serait pas un grief —, et que je
n'ai pas été surpris lorsque tout à l'heure nous avons entendu rappeler les pieuses femmes, les Arnauld et les
portraits de Philippe de Champagne. Aussi, lorsque dans
votre étude sur les parlements vous arrivez au jour où
les adversaires des jansénistes furent atteints à leur tour,
vous considérez comme une sorte de rétribution les me-
sures qui furent prises alors envers d'autres religieux dont
je crois inutile de rappeler le nom. Vous reconnaissez
toutefois, avec votre impartialité de légiste que peut-être
« l'exacte justice (1) » n'avait pas seule inspiré les actes
accomplis sous le ministère de M. de Choiseul.

J'aime cette étude sur le Parlement « témoin, compagnon et complice de notre histoire, sorti du peuple, effigie
de la royauté », qui créa et sut maintenir le droit d'appel,
servant le roi contre la noblesse, protégeant le peuple
contre le fisc et les excès d'autorité des souverains. Tout
le morceau est d'un ton soutenu et juste, et l'on sent cou-
rir d'un bout à l'autre un souffle honnête et patriotique. —
Vous avez un faible pour l'antithèse, et dans un mé-

---

(1) *Les Parlements de France*, 1858.

moire (1) où vous défendez le crédit en flétrissant l'agio-
tage, « les manieurs d'argent » servent de repoussoir pour
mettre en lumière l'austérité de Lemaître et la probité
de d'Aguesseau ; à côté des solitaires persécutés par
Louis XIV, votre plume ne manque pas de faire reparaître
ces vénérables magistrats qui vivaient et mouraient assis
sur les fleurs de lis. — Je les quitte cependant pour vous
suivre auprès de vos confrères du Palais.

Il y a, dit-on, des avocats qui savent rire et faire rire,
dont la gaieté vive, pétillante, un peu superficielle, ne
redoute pas la facétie. On assure que ces plaidoiries
joyeuses, goûtées du public, réussissent parfois auprès
des juges. Ce genre ne doit pas être le vôtre. Si vos
écrits rendent une fidèle image de ce que vous êtes à
l'audience, vous devez être enclin à ce tour de plaisan-
terie un peu froide, mais profonde, qui vient spontané-
ment aux lèvres, jaillit du bout de la plume ; où l'ironie
se cache sous une sorte de voile mélancolique, et qui
pénètre d'autant plus le lecteur ou l'auditeur, qu'il n'a
été prévenu par aucun préambule, aucun geste, aucun
mouvement du visage. C'est l'*humour* ; l'Académie n'a pas
encore trouvé d'équivalent français pour ce mot de forme
et d'origine britannique.

Cette verve humoristique, dont les traits abondent dans
votre volume d'*Essais*, se donne carrière lorsque vous
examinez un projet élaboré il y a une vingtaine d'années
pour refaire de la noblesse une institution de l'État. Puis,
guidé par votre sens droit et par votre instinct d'équité,

____

(1) *Les Manieurs d'argent*, 1857.

vous prenez la question de haut ; négligeant les côtés
secondaires, vous vous élevez contre ces lois qui ont surtout « le tort d'être des lois inutiles, et qui procèdent de
la manie de répression universelle, dans les temps où l'on
veut tout prévoir, tout atteindre, et rétrécir sans cesse les
mailles de nos lois pénales, afin que rien ne puisse leur
échapper (1). »

L'extrême complication de nos lois ne facilite pas la
tâche de ceux qui sont appelés à en requérir l'applica-
tion. Vous avez fait ressortir tout ce qu'il faut de savoir,
de conscience, de talent pour accomplir cette haute mis-
sion, lorsque vous avez raconté la vie de Charles Sapey,
ce type du magistrat savant, distingué, modeste, un peu
doux peut-être, enclin à prêcher plutôt qu'à parler, et peu
fait, semble-t-il, pour requérir dans les affaires crimi-
nelles. Tout autre était M. Chaix d'Est-Ange, dont le talent flexible s'était promptement accommodé au rôle
de magistrat debout. En lui consacrant une notice,
vous entrepreniez une tâche délicate. « Je publie des
discours dans un temps où la parole a subi quelques
disgrâces, et des plaidoiries quand on assure que le
règne des avocats est enfin passé. » M. Chaix d'Est-
Ange était autoritaire, vous étiez libéral ; il était au pouvoir, vous étiez son ami, et vous aviez été son disciple. Il fallait louer sans flatter, exposer des opinions que
vous ne partagiez pas toujours et faire comprendre au
lecteur que vous ne vouliez pas « juger des sentiments qui
n'étaient pas les vôtres ». Le problème a été heureusement résolu. Je m'arrête, Monsieur, dans ce rapide exa-

---

(1) Le Droit nobiliaire français, 1870.

men de vos *Essais*, je pourrais en détacher plus d'une page éloquente et maint tableau vivement coloré : *l'Audience au XVIIe siècle, le Barreau contemporain, le Palais pendant le siège de Paris*. Mais c'est dans le portrait que vous excellez, et vous venez de le prouver. Écoutez celui du président Séguier :

« Je vois encore ce petit vieillard alerte, blotti et comme tapi sur son banc, ramassé dans les plis de sa robe, le mortier sur les yeux, l'air à la fois spirituel et chagrin, le regard inquiet, semblant guetter plutôt qu'attendre les plaidoiries. Il les écoutait d'abord avec une sorte d'impatience résignée, puis bientôt il s'y mêlait par un entrain involontaire. Son front, ses yeux s'animaient, et sa familiarité turbulente débordait en interruptions et en saillies. Tantôt il approuvait l'avocat, et, pour le lui faire bien voir, il parlait avec lui, il le questionnait, il le devinait, il allait en avant, il le rappelait en arrière, il l'escortait, il l'accompagnait des chuchotements incommodes de sa voix discordante. Tantôt l'orateur lui semblait lourd et diffus, la cause mauvaise, le plaideur déloyal. Alors c'était une guerre à outrance ; il pressait l'avocat, il le poussait, il le talonnait, il l'éperonnait de ses malices criardes ; il le gourmandait avec aigreur, lui, son client et son procès, jusqu'à ce qu'il l'eût réduit à se fâcher ou à se taire. Jamais on ne vit un auditeur plus gênant dans sa bienveillance, ni plus insupportable dans son humeur. Mais, à travers ces défauts très sensibles, il avait dans les veines du vrai sang de magistrat, la tradition et l'instinct de la justice, l'horreur de la fraude, et, avec l'art de tout animer autour de lui, des coups d'esprit et des lumières soudaines qui le faisaient souvent voir loin et juger juste (1). »

Voilà, si je ne me trompe, le langage de quelqu'un qui se pique d'écrire. Tournons quelques feuillets, et nos yeux surpris s'arrêtent sur un passage où l'auteur persifle, en termes fort élégants, la prétendue fraternité des lettres et du barreau. L'Académie vient d'entendre votre *confiteor*; mais je ne sais si vous méritez une absolution pleine et entière ; certain mot de « parenté douteuse » a frappé mon oreille. Eh bien! Monsieur, vous devriez être converti; car, avant d'avoir été l'objet d'un choix qui est un arrêt définitif, vous aviez été parfaitement jugé par vos confrères du Palais.

Il s'agit de propriété littéraire; André Chénier est en cause; voici venir un avocat qui non seulement lit des vers à l'audience, mais qui, emporté par le sujet, s'avise de parler en lettré, presque en poète. Ses contradicteurs le relèvent aussitôt de ce péché : « Je n'ai pas le coup d'aile nécessaire pour m'élever à ces sommets », dit l'un, et l'autre, lâchant le mot, s'incline devant « cet écrivain qu'on lit trop rarement (2) ». Vous êtes donc bon gré, mal gré, monsieur, un de ces avocats dont on dit : « C'est un lettré » ; coup terrible, dont tous ne meurent pas, avez-vous ajouté. Et, dans l'espèce, non seulement vous n'êtes pas mort; mais vous avez gagné votre procès. Non, cette parenté n'est pas douteuse; l'alliance est depuis longtemps cimentée dans notre compagnie, et le pacte a été maintes fois renouvelé; toute notre histoire en témoigne, quoi-

---

(1) Notice sur Chaix-d'Est-Ange.
(2) Procès relatif aux œuvres posthumes d'André Chénier. 1876.

qu'un de vos prédécesseurs ait paru l'ignorer. A cette place où vous êtes, M. Dupin déclarait que, depuis Patru jusqu'à lui, trois avocats seulement avaient été admis à l'Académie, et il nommait Barbier d'Aucourt, Target, Lacretelle aîné. J'en demande pardon à la mémoire de M. Dupin, dont j'ai été le client, et le client reconnaissant, il n'avait pas en cette circonstance suffisamment étudié son dossier. Qu'il n'ait pas vérifié si Corneille avait effectivement plaidé à Rouen, on peut le comprendre ; l'auteur de *Cinna* et des *Horaces* n'a pas été choisi par l'Académie française sur le vu de ses plaidoiries. Passe encore pour l'omission d'hommes distingués, mais moins célèbres, qui appartiennent aux siècles passés. Mais ce qui peut surprendre, c'est que les noms de contemporains tels que Portalis, Royer-Collard, Laîné, de Sèze n'aient pas fixé l'attention d'un illustre membre du barreau, qui affirmait volontiers partout la suprématie de la toge.

Avec un ton moins incisif et moins absolu, vous avez aussi, Monsieur, la juste fierté de votre noble profession, et vous chérissez les prérogatives de votre ordre. Avant d'avoir fait justice, tout à l'heure, des railleries « séculaires », je dirais surannées, qui poursuivent les avocats, vous aviez affirmé le rôle légitime et considérable qui appartient à ces princes de la parole, dans un pays où les procès des citoyens et les affaires de l'État se discutent publiquement. « Si les avocats se refusaient à la politique, ajoutiez-vous, il faudrait faire violence à leur modestie pour les y contraindre. Il ne paraît pas qu'en France, depuis soixante ans, on ait dû en venir à cette extrémité (1). » Monsieur, un profane ne se permettrait pas de parler des dieux, je ne dis pas avec cette irrévérence, mais avec cette familiarité! Ce passage est d'autant plus remarquable que vous avez vous-même échappé à cette contrainte. Vous auriez eu le droit de dire que, depuis M. Dupin inclusivement, vous êtes le premier avocat qui soit entré à l'Académie sans passer par la porte des assemblées politiques.

Je continue de vous citer : « La parole a eu ses flatteurs, mais, quoi qu'ils en aient pu dire, elle ne survit pas à l'occasion et au temps. C'est quand l'orateur est debout qu'il faut le saisir et le retenir tout entier; avec le dernier son qui s'échappe de ses lèvres, la fleur de l'éloquence est tombée pour jamais (2). » Certes rien ne peut remplacer l'action du véritable orateur. Mais le vent de l'oubli doit-il toujours si rapidement emporter l'écho d'une voix puissante? Si, au Palais, à la tribune, dans la chaire, il y a des succès passagers, de circonstance ou de caprice, le souvenir que laisse la parole n'est pas toujours aussi éphémère, et les fruits de l'éloquence survivent souvent à sa fleur. Les traités philosophiques de Cicéron trouvent moins de lecteurs que les *Verrines* ou les *Catilinaires*. Tite-Live, Thucydide même, vivent surtout par les harangues qui animent leurs récits. Et, dans notre littérature française, quels noms mettre au-dessus de Bossuet ou de Massillon? De toutes les grandes œuvres de l'esprit humain, les plus vivantes sont peut-être, après la poésie,

---

(1) Discours prononcé à la Conférence des avocats.
(2) Notice sur Chaix-d'Est-Ange.

celles qui revêtent la forme oratoire. Il n'en est pas qui laissent une trace plus éclatante et plus profonde; mais c'est à la postérité de creuser et de féconder le sillon ouvert par la parole.

La postérité n'a pas encore réellement commencé pour M. Jules Favre. L'heure n'est pas venue où l'on pourra discerner ce qui doit durer dans cette œuvre considérable, composée de fragments encore mal assemblés et dont l'intérêt varie comme la gravité même des incidents de l'histoire contemporaine : plaidoyers d'un avocat chargé d'affaires, livres qui parfois ressemblent à des plaidoyers, brochures, conférences, discours d'un homme politique qui, presque seul, a tenu pendant plusieurs années, dans les Chambres, le drapeau de son parti. On ne saurait dire maintenant quel rang l'avenir doit assigner à M. Jules Favre dans cette pléiade d'orateurs que notre siècle a entendus. Mais nous savons, dès aujourd'hui, que nul ne l'a surpassé, peut-être égalé, pour la correction, l'ampleur, l'abondance oratoire, le développement de la période; en charmant l'oreille, il saisissait l'imagination. Ce merveilleux artiste en parole semble se peindre lui-même, lorsqu'il adresse à ses jeunes confrères les conseils que voici : « Comment renoncer au secours décisif que nous apportent la pureté du langage, la grâce du tour, la noblesse de l'expression, la vivacité du trait, l'éclat des images, le rapprochement ingénieux des aperçus? C'est de la forme, dit-on, et notre siècle ne s'y arrête plus; il demande avant tout des idées pratiques et précises qui peuvent se rendre sans phrases. Mes chers confrères, tenez ces maximes trop répétées pour un sophisme à l'usage des impuissants. La beauté de la forme attirera toujours par d'irrésistibles enchantements; à elle seule elle s'impose,

Et vera incessu patuit dea. »

Et plus loin : « Nul discours ne saurait se passer de préparation ou d'étude, et c'est une suprême irrévérence vis-à-vis des auditeurs, en même temps qu'une dangereuse témérité, que de se fier aux hasards de l'improvisation. Les grands maîtres ont religieusement évité cette faute (1). »

Un illustre homme d'État étranger, qui possède le secret des victoires de la parole a glissé, parmi les pages d'une œuvre d'imagination, récent produit de ses loisirs, un axiome qui résume, complète et corrige la théorie contenue dans les quelques lignes que je viens de citer : La véritable éloquence est fondée sur le savoir (2). C'était le sentiment de votre prédécesseur. Dès son plus jeune âge il s'était mis à l'étude avec ardeur; il n'a cessé de travailler avec âpreté. Loin de compter sur les seules ressources de son génie, il s'est constamment appliqué à meubler, à orner son intelligence, et, sans perdre son originalité, il a su emprunter largement aux autres. Disciple indépendant de Jean-Jacques, subissant, peut-être à son insu, l'influence de Lamartine, — je parle de sa prose, — M. Jules Favre a exposé une partie de son plan d'étude et de son système de philosophie dans un roman autobiographique,

---

(1) Discours du bâtonnat.
(2) Knowledge is the foundation of eloquence. (*Endymion*, par lord Beaconsfield.)

œuvre posthume et peu connue, où, sous le nom d'Henri Belval, il garde le ton des *Confidences* du poète, en évitant la rudesse cynique des *Confessions*. On y retrouve *Saint-Preux* et *Raphaël*, le feu intérieur, le mysticisme, la rêverie, et, pour que l'analogie soit plus complète, ce livre est daté de Montreux, sur les bords du lac de Genève, tout près du bosquet de Julie, et non loin de cet autre lac si cher au chantre d'Elvire.

En l'art de dire, M. Jules Favre n'a eu qu'un maître, il n'a suivi qu'un modèle, il l'a choisi de bonne heure, l'a pris dans l'antiquité et ne l'a plus quitté.

S'il y a encore, au pays latin, des échoppes de libraire, on doit y rencontrer un vieux livre, fort laid, assez prisé jadis des humanistes, délaissé, presque ignoré aujourd'hui, œuvre d'un de ces érudits patients et obscurs qu'abritait la Sorbonne il y a deux ou trois siècles, l'*Apparatus Ciceronianus*. C'est une sorte d'arsenal où l'on trouve rangées, étiquetées, toutes les formes de langage employées par Cicéron. J'ignore si M. Jules Favre a jamais manié ce volume, mais il s'était approprié l'appareil oratoire dont disposait le plus grand des rhéteurs ; et tous ces matériaux étaient si bien classés dans sa mémoire, il en usait avec tant d'habileté qu'on n'en devinait plus l'origine, et qu'on ne sentait plus l'art dans ces discours où l'art était partout (1).

Lorsqu'il cherchait un guide parmi les orateurs anciens, a-t-il hésité entre Cicéron et Démosthène ? On peut en douter. Le goût pour l'antiquité grecque a traversé des

---

(1) *Artificiosa eloquentia.* Cic., *de Inventione*, I, 5.

phases diverses en France. Très vif après la Renaissance, assez ranimé de nos jours, il a parfois langui,
ou changé d'objet. Athéniens par nos tendances d'artiste, par notre tempérament politique, nous sommes
restés Latins par nos habitudes littéraires ; les lettres
grecques nous sont peu familières. Qu'on ne s'y méprenne
pas ; je parle de la foule de ceux qui, après avoir quitté
les bancs du collège, n'entretiennent avec les langues
mortes qu'un commerce intermittent. Il suffirait d'un
coup d'œil jeté sur cet hémicycle, ou d'un regard tourné
vers les conseils du gouvernement, pour me rappeler que
la France est toujours riche en philologues hellénistes. Ce
n'est plus à Londres seulement qu'on arrive aux postes les
plus élevés de l'État après avoir commenté Homère ou
traduit Aristote.

Quelle que fût l'étendue de l'érudition de M. Jules Favre,
ce n'est pas sur les bords de l'Ilissus qu'il alla prendre
un modèle d'éloquence. L'énergique simplicité de Démosthène était moins faite pour l'attirer que le luxe oratoire
de Cicéron. Certes, la forme est belle chez le premier,
mais il a plus de force que d'abondance, plus de précision
que d'ampleur, et le pathétique attendrissant fait défaut.
Enfin l'homme est moins sympathique : ceux qui n'ont
jamais eu qu'une connaissance sommaire du caractère et
de l'œuvre du tribun de l'Agora, qui n'ont qu'un vague
souvenir de sa lutte avec Eschine ou de ses invectives
contre Philippe, conservent une impression peu favorable,
nourrissent, si l'on veut, certains préjugés. On se rappelle
confusément certaines rixes dont Démosthène n'est pas
sorti à son honneur ; un soupçon de vénalité pèse sur lui ;

son patriotisme a eu des éclipses : il a fui à Chéronée.
La vie de Cicéron, malgré ses taches, reste plus pure ;
sa figure est plus attrayante, mieux faite pour charmer
un jeune Français qui se destine au barreau et qui rêve
de politique, un enfant de Lyon, la plus latine peut-être
de nos vieilles cités.

Je n'essaierai pas d'établir entre Cicéron et le confrère
que nous avons perdu un parallèle que M. Jules Favre n'aurait pas permis d'entreprendre. Mais, dans la vie de ces
deux orateurs, de ces deux citoyens mêlés aux évènements
de temps si troublés, on peut signaler de remarquables
analogies, et des contrastes frappants.

Encore adolescent, Cicéron débute au Forum en s'atta-
quant à la toute-puissance de Sylla, exemple de hardiesse
que plus tard, dans son traité *des Devoirs* (1), il rappelait
à son fils avec un légitime orgueil. — Déjà homme, mais
encore peu connu, Jules Favre se révèle en affirmant sa
foi politique devant la Cour des Pairs, sans chercher
aucun voile, aucune périphrase. C'était honorable ; mais
défendre Roscius contre l'affranchi du dictateur, c'était
plus périlleux. — Cicéron a rendu à son pays d'éclatants
services ; il a eu ses illusions, ses erreurs, il a parfois fait
fausse route. Après avoir trouvé César dans le camp de
Catilina, il s'est laissé aller à subir le charme du vainqueur
de Pharsale ; puis, cédant à un entraînement moins expli-
cable, il a contribué à ressusciter César dans la personne
du jeune Octave. Il a tout expié sous la hache des licteurs

(1) Ut nos, et sæpè alias, et adolescentes, contra L. Sullæ dominantis
opes pro S. Roscio Amerino fecimus. (*De Officiis*, II, 14.)

d'Antoine. C'était la tête du dernier champion des libertés de Rome que les meurtriers de Cicéron clouèrent à la tribune, et la tribune fut fermée pour jamais.

Jules Favre a été moins variable en ses desseins. Échappant à certains entraînements de l'ambition, il ignora les faiblesses de la vanité. A travers les vicissitudes et les épreuves de sa vie, il garda la devise arborée par Henri Belval : déiste et républicain. Hélas ! il n'a pas eu cette suprême fortune de pouvoir, après son Consulat, monter au Capitole pour jurer qu'il avait sauvé la patrie !

J'ai vu « cet homme foudroyé qui gardait les apparences de la vie » ; j'ai vu ce masque tragique où le sourire ne brillait plus ; cette haute taille que les soucis avaient courbée ; j'ai entendu cette voix restée mélodieuse, mais dont l'harmonie ne pouvait cacher une mélancolie profonde. Je comprenais que cet homme pliait sous le poids d'une tristesse incurable. Il portait le deuil de cette France dont il n'avait pu atténuer la défaite, et qu'il n'avait pas pu préserver de la mutilation, et je m'inclinais devant cette douleur que je ressentais et qui reste imprimée au fond de mon cœur parmi toutes celles qui m'ont frappé.

Dans quelques-uns de vos écrits vous avez, Monsieur, souligné d'un trait doucement railleur l'abus que l'école de Rousseau a fait du mot *sensibilité;* il fut un temps où chacun aspirait à passer pour sensible. Jules Favre était réellement doué de cette disposition généreuse qui répond aux plus délicats mouvements de l'âme humaine; elle lui a inspiré quelques-uns de ses plus beaux effets oratoires; poussée peut-être jusqu'à l'excès, elle ôtait la simplicité à son style; elle a été un écueil pour l'homme d'État. Enthou-

siaste, sympathique à toutes les souffrances, presque cré-
dule parfois, il s'incarnait en quelque sorte dans les causes
qu'il défendait. On l'a vu aussi s'éprendre pour des thèses
erronées, faire vibrer la corde de l'indignation avant de
s'être assuré si la note était juste, et, dans l'entraînement
d'une ardeur qu'il ne savait pas modérer, dépasser le but
que son bon sens et sa droiture n'auraient pas voulu fran-
chir. Mais, plus véhément que passionné, il n'eût jamais
traduit par des actes les écarts de sa parole; son esprit
d'équité avait des retours certains.

Qu'on me permette d'apporter ici des souvenirs person-
nels : une question de propriété littéraire venait d'être
soumise au juge; elle a soulevé quelques débats, quoique
la nature du sujet ne permit pas à la discussion d'atteindre ces hauteurs où nous l'avons vue portée sur les
ailes d'André Chénier. Dans un mémoire rédigé à cette
occasion, à côté des signatures de Berryer, de Marie,
d'Hébert, d'autres encore; — je ne puis nommer ici
celui qui portait la parole (1), il m'entend, et si j'essayais
de le désigner en exprimant les sentiments que je professe
pour lui, il s'offenserait peut-être d'une apparence de flat-
terie; — dans ce mémoire, je trouve une page loyale et
vigoureuse écrite et signée par M. Jules Favre. Le nom qui
vient ensuite, c'est le vôtre, Monsieur; vous l'avez peut-
être oublié; vous avez depuis rédigé des consultations bien
autrement importantes et qui ont fait plus de bruit dans
le monde; mais j'ai, moi, des raisons particulières pour me
souvenir de celle-ci. Je n'oublie pas non plus qu'un jour,

______

(1) M. Dufaure.

à propos de lois d'exil, la voix de Jules Favre se fit entendre pour exprimer en termes éloquents les mouvements généreux de son cœur.

Vous avez, Monsieur, mis en lumière tout ce qu'il y
avait de noble dans le caractère de ce puissant orateur,
et je m'aperçois que je cours grand risque de répéter et
d'affaiblir ce que vous avez su dire si heureusement. Mais
c'est mon lot aujourd'hui de vous chercher un peu noise,
et je vais essayer de vous mettre en contradiction avec
vous-même, à propos d'une épithète qui m'a causé quelque étonnement; car personne mieux que vous ne connaît
la valeur des mots. L'esprit de sacrifice, avez-vous dit,
vertu dangereuse! Dangereuse! pour qui? est-ce la conta-
gion que vous redoutez? Ah! rassurez-vous. Mais écoutez
ceci. C'est le bâtonnier Jules Favre qui parle en 1860 :

« Dans tous les temps, l'avocat s'enorgueillit d'un glorieux privilège et se porte résolûment au secours du droit
partout où le droit est menacé par la force triomphante.
Dédaigneux de plaire, insoucieux du péril, il met sa gloire
à se dévouer et sa plus haute fortune à sacrifier les avan-
tages dont les hommes se montrent ordinairement le plus
jaloux. »

Et voici maintenant ce qu'en 1872 disait un autre bâtonnier :

« Il est des occasions tragiques où, la force empruntant
le masque de la justice, l'avocat vient réclamer sa place
auprès des victimes; c'est le plus sacré de nos devoirs, et
je ne sache pas que dans aucun temps nous l'ayons déserté.
...... Nous avons déposé, pour ne pas les avilir, ces
insignes de notre état, cet antique costume qui, dans nos

traditions, représente la liberté de parler et de défendre ; mais de ces traditions respectées nous avons gardé les enseignements que nos devanciers nous ont transmis, et que, s'il plaît à Dieu, nous laisserons à ceux qui viennent après nous, la pitié pour le malheur, la haine de toutes les tyrannies, le mépris de toutes les violences. »

Ceci n'est pas un précepte, Monsieur, c'est un récit, c'est un exemple, un grand exemple, et c'est vous qui l'avez donné. Fasse le ciel que vos successeurs n'aient pas à le suivre et que ces jours terribles ne reviennent jamais !

> *Excidat illa dies ævo, nec postera credant*
> *Sæcula! nos certe taceamus* (1).....

Que cette page soit rayée de l'histoire ! Puissent les siècles futurs refuser d'y croire ! — Des souvenirs de cette sinistre époque je ne voudrais retenir que la mémoire de votre courageux dévouement. Vous avez démontré comment il faut pratiquer l'esprit de sacrifice, et si vous le traitez de vertu dangereuse, c'est que vous savez braver le danger, tous les dangers, l'histoire de votre bâtonnat le prouve. Oui, l'esprit de sacrifice, c'est la vertu et c'est le courage ; les deux mots étaient synonymes à Rome : *virtus!* Certes il y a des degrés, des formes diverses. « M. le Prince, dit Saint-Évremont, avait la grandeur du courage, M. de Turenne une valeur assurée. » Mais certaines nuances qu'on a voulu établir n'auraient pas été admises par les bons juges. Et puisque nous voici ramenés au XVIIe siècle, et on y revient naturellement quand on cherche de grandes

---

(1) *Statius. Sylvarum* l. V., c. II. v. 88.

idées exprimées en beau langage, prenons le sentiment du
cardinal de Retz :

« Si ce n'était pas une espèce de blasphème de dire
qu'il y a dans notre siècle quelqu'un de plus intrépide que
le roi Gustave et Monsieur le Prince, je dirais que ç'a été
Molé, premier président. »

La prétendue distinction entre le courage civique et la
valeur guerrière est de date récente et ne sert le plus souvent qu'à masquer les transactions avec la conscience et
le devoir. Et s'il fallait ajouter un autre exemple à ceux
que vous avez pu donner de cette unité, de cette simplicité
du courage, je le trouverais dans votre famille : votre frère
n'a-t-il pas été blessé lorsqu'il faisait en soldat son devoir
de citoyen (1)?

Je viens de prononcer le nom de votre frère, Monsieur.
J'avais espéré parler devant votre mère. Vous aviez reçu
d'elle ces grandes leçons que plus d'une fois vous avez su
mettre en pratique. Depuis de longues années, vous étiez
le compagnon assidu, infatigable de sa vieillesse aveugle ;
elle était la seule joie, l'âme de votre foyer. Je sais que
de telles douleurs doivent être entourées d'un respectueux
silence. Je n'ajoute qu'un mot, dernier hommage rendu à
celle qui avait su vous instruire et vous guider : l'Académie
a voulu honorer en vous l'art de bien dire et le courage de
bien faire.

---

(1) M. Émile Rousse. blessé dans les rangs de la garde nationale le
12 mai 1839.

Paris. — Typ. Firmin-Didot et Cⁱᵉ, impr. de l'Institut, rue Jacob, 56. — 10519.